문학과지성 시인선 478

오십 미터

허연 시집

문학과지성사

문학과지성사에서 펴낸 허 연의 시집

내가 원하는 천사(2012)
당신은 언제 노래가 되지(2020)

문학과지성 시인선 478

오십 미터

초판　1쇄 발행　2016년 2월 11일
초판 13쇄 발행　2024년 7월 2일

지 은 이　허 연
펴 낸 이　이광호
펴 낸 곳　㈜문학과지성사

등록번호　제1993-000098호
주　　　소　04034 서울 마포구 잔다리로7길 18(서교동 377-20)
전　　　화　02)338-7224
팩　　　스　02)323-4180(편집) 02)338-7221(영업)
전자우편　moonji@moonji.com
홈페이지　www.moonji.com

ⓒ 허 연, 2016. Printed in Seoul, Korea

ISBN　978-89-320-2841-5 03810

이 도서의 국립중앙도서관 출판예정도서목록(CIP)은 서지정보유통지원시스템 홈페이지
(http://seoji.nl.go.kr)와 국가자료공동목록시스템(http://www.nl.go.kr/kolisnet)에서
이용하실 수 있습니다. (CIP제어번호: CIP2016002765)

문학과지성 시인선 478

오십 미터

허 연

2016

시인의 말

난 알고 있었던 것이다.
생은 그저 가끔씩 끔찍하고,
아주 자주 평범하다는 것을.

2016년 겨울
허 연

오십 미터

차례

시인의 말

3부

1부

아나키스트 트럭 1

　슬픈 사람들이 트럭을 탄다. 트럭은 정체에 걸릴 때마다 힘겹게 멈췄다. 정체가 풀리면 트럭은 부식된 하체 어디선가 슬픔을 흘리며 느리게 움직였다.

　트럭에 올라탄 사람들이 두 손으로 신을 그려보지만 이내 슬픔이 신을 덮는다. 언제나 그랬듯이 그들에겐 이상하게 어깨가 없다.

　찌그러지고 때 묻은 트럭은 세월을 등에 업고 생의 마지막 질주를 했다. 낙오한 사람들은 어느새 세월의 등에 올라타 있었고.

　도시는 어두웠고 트럭은 주저앉았다.

　낙오자들은 뿔뿔이 골판지 같은 골목으로 사라졌다. 주저앉은 트럭은 도시와 아주 잘 어울렸다. 그렇게 밤이 왔다. 이미 어두웠지만 트럭은 어두워지지 않았다. 안녕, 트럭.

오십 미터

마음이 가난한 자는 소년으로 살고, 늘 그리워하는 병에 걸린다

오십 미터도 못 가서 네 생각이 났다. 오십 미터도 못 참고 내 후회는 너를 복원해낸다. 소문에 돌아서면 잊어버리는 축복이 있다고 들었지만, 내게 그런 축복은 없었다. 불행하게도 오십 미터도 못 가서 죄책감으로 남은 것들에 대해 생각한다. 무슨 수로 그리움을 털겠는가. 엎어지면 코 닿는 오십 미터가 중독자에겐 호락호락하지 않다. 정지 화면처럼 서서 그대를 그리워했다. 걸음을 멈추지 않고 오십 미터를 넘어서기가 수행보다 버거운 그런 날이 계속된다. 밀랍 인형처럼 과장된 포즈로 길 위에서 굳어버리기를 몇 번. 괄호 몇 개를 없애기 위해 인수분해를 하듯, 한없이 미간에 힘을 주고 머리를 쥐어박았다. 잊고 싶었지만 그립지 않은 날은 없었다. 어떤 불운 속에서도 너는 미치도록 환했고, 고통스러웠다.

때가 오면 바위채송화 가득 피어 있는 길에서 너를 놓고 싶다

북회귀선에서 온 소포

때늦게 내리는
물기 많은 눈을 바라보면서
눈송이들의 거사를 바라보면서
내가 앉아 있는 이 의자도
언젠가는
눈 쌓인 겨울나무였을 거라는 생각을 했다

추억은 그렇게
아주 다른 곳에서
아주 다른 형식으로 영혼이 되는 것이라는
괜한 생각을 했다

당신이
북회귀선 아래 어디쯤
열대의 나라에서
오래전에 보냈을 소포가
이제야 도착했고

모든 걸 가장 먼저 알아채는 건 눈물이라고
난 소포를 뜯기도 전에
눈물을 흘렸다
소포엔 재난처럼 가버린 추억이
적혀 있었다

*하얀 망각이 당신을 덮칠 때도 난 시퍼런 독약이
담긴 작은 병을 들고 기다리고 서 있을 거야 날 잊지
못하도록, 내가 잊지 못했던 것처럼*

떨리며 떨리며
하얀 눈송이들이
추억처럼 죽어가고 있었다

날짜변경선

사향소가 서로 머리를 들이받으며 싸우고 있었다. 승자는 아직 정해지지 않았고 생을 마감한 별의 빛이 이제야 툰드라에 도착했다.

어떻게 별들은 세상의 모든 것이 됐을까. 어떻게 별들은 전부 이야기가 됐을까. 별의 이야기가 눈물로 바뀔 때, 수천 개의 별이 죽어가는 이곳에서도 깨닫지 못한다면 우리는 별의 일부였을까. 별에서 살았던 것일까.

툰드라의 여름이 가고 있었다. 병든 북극여우가 마지막 별빛을 쪼일 때. 그 별의 비정함에 대해서는 쓰기 힘들다. 빙하가 쪼개지는 소리를 들으며 날짜변경선은 넘는다. 그 여름의 마지막 날. 난 심장을 툰드라에 두고 왔다.

샤샤는 추운 이름이다.

거진

　당신이 사라진 주홍빛 바다에서 갈매기 떼 울음이
파도와 함께 밀려가선 오지 않는다. 막 비추기 시작
한 등대의 약한 불빛이 훑듯이 나를 지워버리고 파
도 소리는 점점 밤의 전부가 됐다. 밤이 분명한데도
밤은 어디론가 가버렸고 파도만이 남았다. 밤은 그
렇게 파도만을 남겼다. 당신을 기다리는 시간 내내
파도 위로 가끔 별똥이 떨어졌다. 바스락거리던 조
개들의 죽음이 잠시 빛났고 이내 파도에 묻혔다 소
식은 없었다. 밤에 생긴 상처는 오래 사라지지 않는
다. 도망치지 못했다 거진.

가시의 시간 1

내 온몸에 가시가 있어 밤새 침대를
찢었다. 어제 나의 밤엔 아무것도 남지
못했고 아무것도 들어오지 못했다.
가시는 아무런 실마리도 없이 밤마다 돋아
나오고 나의 밤은 전쟁이 된다.
출구를 찾지 못한 치욕들이 제 몸이라도
지킬 양으로 가시가 되고 밤은 길다.
가시가 이력이 된 날도 있었으나 온당치
않았고 가시가 수사(修辭)가 된 적이 있었으나
모든 밤을 다 감당하진 못했다. 가시는
빠르게 가시만으로 완전해졌고 가시만으로
남았다. 가시가 지배하는 밤. 가시의 밤

오늘도 선을 넘지 못했다
— 국경 2

무엇이 되든 근사하지 않은가
선을 넘을 수만 있다면

새의 자유를 생각하면 숨이 막혔다. 남은 알약
몇 알을 양식처럼 털어 넣고 소련제 승합차에 시동
이 걸리기를 기다렸다. 오한이 들이닥쳤다. 서열에
서 밀려난 들개 몇 마리 무너진 건물 주변을 서성이
고 버려진 타이어 더미 위로 비현실적인 해가 지고
있었다. 오늘도 선을 넘지 못했다. 나는 아무것도 그
립지 않다는 듯이 바닥에 침을 뱉으며 몇 마디 욕설
을 중얼거렸다. 또 밤이 오는 게 무서웠다. 들개보다
AK-47보다 그리움이 더 끔찍했다. 지난여름 폭격에
끊어진 송전탑에선 이따금씩 설명할 수 없는 불꽃이
일었다. 아름다웠다. 나는 어느새 저주했던 것들을
그리워하고 있었다 나의 슬픈 무르가프

오늘도 선을 넘지 못했다

나의 몽유도원
── 국경 3

국경을 넘으면 커피 맛부터 바뀌는 법인데 이곳에
선 공기의 밀도가 바뀐다. 긴장은 그렇게 왔다.

미친 마을 여자 하나가 민병대원들 사이를 뛰어다
녔다. 그녀의 녹색 눈동자를 보며 제국을 지배했던
멋진 게임 캐릭터를 떠올렸다. 내가 짝사랑했던 캐
릭터.

트럭에서 내려 모래 섞인 침을 뱉었다. 발목에서
시작된 통증이 자꾸만 나를 속계에 주저앉혔다. 부
치지 못한 엽서를 꺼내 읽었다.

*(그곳을 생각하다 가방을 떨어뜨렸어. 나의 몽유
도원, 거긴 너무나 멀어)*

낯선 문자가 적힌 비닐봉지들이 파미르를 날아다
녔고 멀리 아잔 소리가 들렸다. 신의 시간…… 말라
버린 사탕수수밭 어디선가 총소리가 났다.

선과 악은 모두 배부른 짓이다. 폐유 깡통 널려 있는 국경검문소. 칠흑 같은 까마귀들이 다스리는 구역. 숨을 쉬면 가슴이 타버릴 듯 뜨거웠다.

나는 재〔灰〕처럼 사라질 것 같았다.

천호동
—— 장마 7

후회하는 법을 배우고 우리는 뻘에다 완성되지 못
한 낱말들을 적었다. 생애를 다 볼 수 없었으므로

그 여름 낮게 날아가는 새들은 지저분한 털뭉치
같았고 강 건너에선 기울어진 매운탕집 간판들이 울
먹이고 있었다. 반지하 방에서 기침을 하던 너의 슬
픔을 가져오지 못한 게 아주 오래 아프다. 스물여섯
살. 천호동엔 비가 샜고 낡은 관악기 같은 목젖에선
피가 새어 나왔다. 눈앞에선 여름내 동쪽에서 왔다는
부표들이 소혹성처럼 떠올랐다. 아침이면 아무르에
서 왔다는 새를 보러 가곤 했다. 그해, 고양이들이 부
르르 몸을 떨고 나팔꽃들은 쓰러져 일어나지 못했다.

그만 아프자고 너는 떠났고 나는 질퍽이는 뒷골목
을 걸어 강으로 갔다. 마음의 짐을 이겨내지 못한 사
람들이 물속으로 걸어 들어가고 있었다.
이 놀라운 강의 밀도.

자세

위대한 건 기다림이다. 북극곰은 늙은 바다코끼리가 뭍에 올라와 숨을 거둘 때까지 사흘 밤낮을 기다린다. 파도가 오고 파도가 가고, 밤이 오고 밤이 가고. 그는 한생이 끊어져가는 지루한 의식을 지켜보며 시간을 잊는다.

그는 기대가 어긋나도 흥분하지 않는다. 늙은 바다코끼리가 다시 기운을 차리고 몸을 일으켜 먼바다로 나아갈 때. 그는 실패를 순순히 받아들인다.

다시 살아난 바다코끼리도, 사흘 밤낮을 기다린 그도, 배를 곯고 있는 새끼들도, 모든 걸 지켜본 일각고래도 이곳에서는 하나의 '자세'일 뿐이다.

기다림의 자세에서 극을 본다.

근육과 눈빛과 하얀 입김.
백야의 시간은
자세들로 채워진다.

안개 도로

그날 밤 여린 짐승들은 모두 무너진 둑을 진흙으로 막고 베개를 훔쳐 들고 어디론가 도망치는 꿈을 꾸고 있었다.

602호실. 국도 위에서 길을 잃은 사람들이 잠들어 있다. 그 길의 모든 굽이굽이를 다 알았던 사람들이 시든 목련 몇 개 창에 비치는 곳에서 여린 짐승처럼 잠들어 있다. 누구는 어느 국도에서 고향을 떠나는 버스에 올랐고 누구는 어느 국도의 휴가병이었고 누구는 어느 국도에서 마지막 사랑을 고백했었다. 누구는 트럭을 몰았고, 누구는 수십 년 고추 모종을 심었고, 누구는 선생이었다.

밤이 깊어간다. 여린 짐승들의 머리 위로 꿈들이 떠다니고, 그 꿈들은 언젠가 달렸을 그 국도를 찾아 헤맨다. 왜 길들을 잃었을까. 여린 짐승들은 원래 길을 잃게끔 되어 있었던 것일까. 여린 짐승들을 위한 표지판은 따로 없었던 것일까. 여린 짐승 몇이 잠들

24

어 있는 밤이다.

　십 분쯤 빠르게 맞춰놓은 시계가 여린 짐승들의
밤을 지킨다. 목련 몇 개 힘들게 여전히 매달려 있
는 밤.

좌표평면의 사랑

(좌표평면 같은 아일랜드의 보도블록 위를 노면전차가 지나가고 있었다. 이백 년쯤 된 마찰음이 빗속을 긁고 자본주의는 싸구려 박하사탕을 빨고 있었다.)

사랑은 언제나 숫자를 믿어왔다.

사랑은 노래가 아니라 그래프다. 환각의 정도를 나타내는 그래프. 두 명의 상댓값이 어떤 관계에 있는지 보여주는 그래프. 머릿속에서는 수식이 흐르지만 그래프에서는 눈물이 흐른다. 좌표평면 위의 사랑.

힘들게 찾아온 사랑이라고 힘들게 가라는 법은 없다. 아무리 어렵게 온 사랑도 그래프 위에선 명료하다. 정점에 선 순간 소실점까지 내리꽂는 자멸.

좌표평면에선 언젠가는 모두가 떠나고 새 판이 그려진다. 소중한 것을 너무나 빨리 내려놓는 재주. 이곳의 미덕이다. 계절풍이 불었다.

델타

여자는 바다를 밀었다. 밀어낸 바다만큼 여자의
생은 앞으로 나아갔다. 여자는 말없이 바다를 밀었
다. 여자에게 밀린 바다는 잔물결로 뒤로 밀려나고,
여자는 또 무심히 다음에 몰려오는 바다를 밀었다.

잔물결에 그려진 생. 여자는 바다만 밀고 있는 게
아니었다. 여자는 바다에 비친 자신의 생을 밀고 있
었다. 간혹 물살이 뱃전에 부딪히는 소리가 나기도
했지만 전반적으로 이 의식은 고요했다.

가까워졌다가 멀어지는 저 섬들의 세밀화. 난대림
의 북방한계선을 날아다니는 배고픈 새들. 여자가 바
다를 밀어낼 때마다 흰 새들은 발레리나의 군무처럼
난대림 위로 살짝 날아올랐다가 다시 내려앉곤 했다.

여자가 미는 바다 여자에게 밀리는 바다.

델타의 하루가 저물었다.

들뜬 혈통

하늘에서 내리는 뭔가를 바라본다는 건
아주 먼 나라를 그리는 것과 같은 것이어서
들뜬 혈통을 가진 자들은
노래 없이도 노래로 가득하고
울음 없이도 울음으로 가득하다

짧지 않은 폭설의 밤
제발 나를 용서하기를

심장에 천천히 쌓이는 눈에게
파문처럼 쌓이는 눈에게
피신처에까지 쏟아지는 눈에게
부디 나를 용서하기를

아주 작은 아기 무덤에 쌓인 눈에게
지친 직박구리의 잔등에 쌓인 눈에게
나를 벌하지 말기를

폭설에 들뜬 혈통은
밤에 잠들지 못하는 혈통이어서

오늘 밤 밤새 눈은 내리고
자든지 죽든지
용서는 가깝지 않았다

그날의 삽화

1

오랜만에 동생을 만나러 가는 길
빗물은 점점 부담스럽게 아스팔트를 때렸고

반복되는 정체 속에서
나는
덮어버린 것들과
그렇지 못한 것들에 대해 생각했다.

"조금 더 비싼 관으로 할 걸 그랬어"

삼십여 년 전
이른 나이에 상주가 됐던 우리가
어머니에 대한 자책을 안고
그 길을 걷던 날도
비는 내렸었다

2

체중이 많이 불어난 동생과 마주 앉은
입김으로 뿌연 저녁 감자탕집.

빗물 흘러내리는 유리창 밖은
차갑고도 먼 나라.

늘 함께 걸었던 등굣길에 대해
나름대로 이름 지어 불렀던 잡초와 새 들에 대해
우리는 뭔가 책임지고 싶어 했다.

묘지 이장 이야기를 하다 불쾌해진 동생은
잠시 말을 잇지 못했다.

"그날 참 비 많이 왔지, 형"

3

돌아오는 길

모욕으로 기억된
몇 가지 아픈 과거들에 대해
단 한마디도 꺼내지 않은
우리의 어른스러움을
다행이라 생각하며

지친 포유류 같은
동생의 등을 떠올리며

하루에 기차가 여덟 번쯤 지나갔던 그 둑방 길에서
우리가 함께 날아오르는 상상을 했다

FILM 2

　신은 추억을 선물했고 우리는 근본이 불분명한 젤리를 씹으며 참 많은 것을 용서했다 가끔씩 어떤 끔찍함이 탄환처럼 빠르게 삶을 관통하고 지나갔지만 뜨거움은 그때뿐이었다

　탄환의 고통을 생각하면 눈물이 흘렀다 태생적인 방관자들이 부러웠고 느티나무의 실어증이 부러웠다 그날그날의 슬픈 방을 찾아들어가며 우리는 울고 있었다 눈이 내렸다

　수만 년 전 조상들이 이러했을까 그들도 눈을 맞으며 울었을까 아무것도 저지르고 싶지 않아서 밤새 울었다 따뜻한 오줌을 누며 방점을 찍듯 깜빡이는 가로등에 기대 느린 노래를 부르기도 했다

　수십만 년 동안 같은 모양의 눈송이는 한 번도 내린 적이 없었다 밤새 눈은 연옥을 덮고 있었다

행성의 노래

아무것도 모른 채
사람들은 별을 가져다 기껏
노래를 만들었다

오늘도
천만 년 된 햇볕이
내 얼굴에 와 부딪힌다
천만 년 전
태양을 떠난 그 햇살이 내게 말한다

생이 자기 자신을 어떻게 삼키는지
똑똑히 지켜보라
욕망이 욕망에게 대체 무슨 짓을 했는지 보라

천만 년 전 그 첫날이 뒤늦게
도착하고
두번째 날도 세번째 날도

계시는 언제나
천만 년 전으로부터 왔지만
아무것도 모른 채
내 생은 나를 삼키고 있었다

위대한 것들은
위대해서 아득하다. 남아 있는 생이여.

물고기 문신
— 바다는 어떻게 그 자리에 매달려 있을까? 이것은 불온한 상상이다

제방이 무너지던 날
남자들 몇은
돌아오지 못했다

그들은 도리를 다했고
조용한 음모가 있었다

그날 밤
새 떼는 기억을 털고 적도로 떠났고
말미잘은 연기 같은 정액을
오늘밖에 없다는 듯 뿜어댔다

도둑게는 개펄에 사랑을 새겼고
꽃새우는 버려진 사기그릇에 집을 짓고
꽃처럼 자라났다

하구에선
죽음도 안개도 영원한 걸 못 보겠다

36

일식이 있던 날, 하구
목덜미에 물고기 문신을 한 여자가 지나갔다

점토판

새의 발자국 같은 사랑을 새겼더란다.

변하지 않는다는 미망도, 줄지어 늘어선 서약도, 한번 베이면 천 년을 간다는 상처도 새의 발자국처럼 동풍에 밀려 떼를 지어 사라졌더란다.

진흙에 갇힌 사랑.
춘분과 추분을 잘못 계산한 사랑. 늙지 않는 벌을 받은 사랑. 죽어도 죽지 않는 쐐기문자로 남은 사랑. 섭씨 천 도쯤에서 구워진 사랑. 끔찍한 세월을 지나온 사랑.

비 한 방울 오지 않는 곳에서 감히 사랑에 빠진 자들은 끔찍하게 일만 년을 살았더란다. 마르고 말라서 수메르의 노래가 됐더란다.

내가 사랑을 알기 전
아버지의 아버지의 아버지가 사랑을 알기 전

수억 번의 일요일이 오기 전
그들은 사랑을 새겼더란다
새의 흔적 같은 사랑을

대홍수를 견딘 사랑
제 얼굴도 보지 못하고
일만 년 동안 말라붙은
쐐기 같은 사랑

제의(祭儀)

강을 오래 들여다보는 사람은 떠나보낼 게 많은 사람이다. 폭우 지나간 철제 다리 위로 이국처럼 노을이 진다. 쓰레기봉투 몇 개 떠다니는 몸집 불린 강을 내려다본다. 오늘도 강에선, 누구는 몸을 던졌고 누구는 떠올랐고, 누구는 몇 달도 못 갈 사랑을 읊조렸다.

제물은 늘 필요하다. 몇은 이번 장마의 제물이 됐고, 한 겹의 뻘이 되어 하구 모래톱에 쌓였다.

영역 다툼에 지친 물새들 줄지어 지나간 모래톱. 병든 고양이가 다 포기한 듯 졸고 있다. 고양이는 이번 장마의 마지막 제물이 될 것이다. 그에게 지금 이 짧은 햇살은 냉정하게 따사로울 것이다.

이곳에선 깨끗한 것도 더러운 것도 없다. 슬픔도 기쁨도 없다. 쓸려갈 것과 남은 것, 그것만이 가능하다. 검은 구름 저편에 속삭이듯 어둠이 온다. 오늘의 제의는 이렇게 마무리된다.

　떠내려가다 강둑에 멈춰선 컨테이너 조각엔 마지막 낙서가 흐릿하다 새 떼가 날아올랐다

세일 극장

아버지 후배였던 혼혈 아저씨가 영사주임으로 있던 극장. 세일극장에 가면 멋진 생이 있었다. 어른들은 오징어에 소주를 마시고 난 영사실 책상에 걸터앉아 영화를 봤다. 은하철도처럼 환하게 어둠을 가르고 달려가 내 생에 꽂혔던 필름. 난 두 평짜리 영사실에서 한 줄기 계시를 받고 있었다. 그런 날이면 빨간 방울 모자를 쓴 여주인공과 계단이 예쁜 도서관엘 가기도 했고, 윈체스터 장총에 애팔루사를 타고 황야를 달리기도 했다.

필름 한 칸 한 칸에 담겨 있던 빗살무늬토기의 기억. 토기를 뒤집으면 쏟아지던 눈물들. 어느 날은 영웅이 되고 싶었고, 어느 날은 자멸하고 싶게 했던 날들. 문틈으로 들어온 빛이 세상을 빗살무늬처럼 가늘게 찢어놓은 곳. 낡은 자전거 바퀴 같은 영사기가 힘겹게 세월을 돌리던 곳.

난 수유리 세일 극장에서 생을 포기했다

아나키스트 트럭 2

오욕칠정을 누비던 그에게 도시는 알량하다. 가로
등도 강물도 간지러울 뿐이다. 트럭에 대해 아무것
도 궁금해하지 않지만, 트럭은 자기가 실어 나른 생
에 대해 할 말이 많다. 아무도 들어주지 않을 때 그
가 할 수 있는 건 여전히 비틀대며 달리는 일뿐이다.

트럭의 비명은 이따금씩 저기압이 몰려오는 날
아주 작게 들린다. 진한 사투리와 마른 기침. 알아
듣기 힘들지만 주제는 분명 생이다. 이별만이 번성
했던 생. 나귀처럼 인내했던 생. 자살자의 마지막
짐을 실었던 생. 수몰지의 폐허를 실었던 생. 이제
는 단종된 생.

진술을 끝내고 시동을 끈 늙은 트럭은 섬이다. 고
수부지에 떠 있는 식어버린 화산섬.

그날 강변에선 불꽃놀이가 있었다

Midnight Special 3
― 아버지의 날들

그만이 할 수 있는 조각이 있었다. 칫솔대에 기차역 이름을 새기는 일. 신은 무력한 죄수 아버지에게 추억을 선물했다. 냉정한 햇살이 담장 넘어 사라질 때 눈을 감으면 우등열차가 머릿속을 지나가는 소리가 들렸다. 그리곤 이명을 앓듯 아프게 그해의 꽃들이 지고 있었다. 그는 비극을 주고 아무것도 얻지 못했다. 세상에 떠나보내도 괜찮은 건 없었다. 세월도 사랑도.

포대기에 아이를 업은 아내가 면회를 오면 큰비가 지나갔다. 아이는 수숫대처럼 자라났다. 카스텔라를 사주고 싶었다. 세발자전거를 사주고 싶었다. 밤마다 어디 모여 있었는지 수많은 얼굴들이 밤기차를 타고 찾아왔다. 동틀 녘 그들을 보내고 고양이처럼 웅크려 있다 보면 햇살은 다시 담을 넘어 들어왔다.

아침이 되면 그는 날마다 운동장에 쪼그려 앉아

소소한 기념비를 세우고 있었다. 칫솔대에 새긴 팔
만대장경.

가마우지 여자

겨울에도 얼지 않는
끈적하고 느린 강물 위에 떠 있는
기선들의 둔탁한 밧줄 위에 내려앉는
가마우지를 보면서
그녀를 생각했다.

위태로운 부동항에 둥지를 만든 가마우지가
그녀 같다는 생각을 했다
죽기 전에는 울지 않는다는 새
가마우지.

앞가슴털이 물에 젖는 물새
진화가 버린 새 가마우지
가마우지의 늑골을 보며
그녀가 생각났다

어판장 가로등 행렬을 굽어보고 있는
눈물겹도록 낯익은 새

가마우지
저녁, 만(灣)의 냉기 속에서
날개를 말리는 가마우지가
그녀 같다는 생각을 했다

안젤름 키퍼
── 익명의 날들

단어들은 잔인했고
사랑은 시작하기도 전에
명심해야 할 것들로 가득했다

싼 술을 마시며 우리는
한 움큼도 안 되는 몸으로 변해갔다

우리들의 보호구역이
우리들의 처형장이었고

해가 지면
가망 없는 내일이
가시나무 울타리처럼 들어서고 있었다

덤불 속에서 우리는
마지막 식사를 토해냈고

타이어 타는 연기를

주술처럼 바라보면서
가시나무에 둥지를 튼
부엉이 새끼들과 함께
서서히 익명이 되어갔다

장마의 나날

강물은 무심하게 이 지지부진한 보호구역을
지나쳐 갑니다. 강물에게 묻습니다.

"사랑했던 거 맞죠?"
"네"
"그런데 사랑이 식었죠?"
"네"

상소 한 통 써놓고 목을 내민 유생들이나, 신념 때
문에 기꺼이 화형을 당한 사람들에게는 장마의 미덕
이 있습니다. 사연은 경전만큼이나 많지만 구구하게
말하지 않는 미덕, 지나간 일을 품평하지 않는 미덕,
흘러간 일을 그리워하지도 저주하지도 않는 미덕.
핑계 대지 않는 미덕. 오늘 이 강물은 많은 것을 섞
고, 많은 것을 안고 가지만, 아무것도 토해내지 않았
습니다. 쓸어 안고 그저 평소보다 황급히, 쇠락한 영
역 한가운데를 모르핀처럼 지나왔을 뿐입니다. 뭔가
쓸려가서 더는 볼 일이 없다는 건, 결과적으로 다행

스러운 일입니다. 치료 같은 거죠.

강물에게 기록 같은 건 없습니다
사랑은 다시 시작될 것입니다

사십구재

사람들은
옆집으로 이사 가듯 죽었다
해가 길어졌고
깨어진 기왓장 틈새로
마지막 햇살이 잔인하게 빛났다
구원을 위해 몰려왔던 자들은
짐을 벗지 못한 채
다시 산을 내려간다
길고양이의 절뚝거림이
여기가 속계(俗界)임을 알려주고
너무나 가까워서 멀었다, 죽음

다음 세상으로 삶 말고
또 무엇을 데려갈 것인가

개복숭아꽃이
은총처럼 떨어지고 있었다

2부

목련이 죽는 밤

피 묻은 목도리를 어디에 두었는지 기억이 나지 않습니다. 그날을 떠올리다 흰머리 몇 개 자라났고 숙취는 더 힘겨워졌습니다. 덜컥 봄이 왔고 목련이 피었습니다.

그대가 검은 물속에 잠겼는지, 지층으로 걸어 들어갔는지 나는 알지 못합니다. 꿈으로도 알 수가 없습니다. 그래도 기억은 어디서든 터를 잡고 살겠지요.

아시는지요. 늦은 밤 쓸쓸한 밥상을 차렸을 불빛들이 꺼져갈 때 당신을 저주했었습니다. 하지만 오늘 밤 목련이 목숨처럼 떨어져나갈 때 당신을 그리워합니다.

목련이 떨어진 만큼 추억은 죽어가겠지요. 내 저주는 이번 봄에도 목련으로 죽어갔습니다. 피냄새가 풍기는 봄밤.

예니세이

눈물은 여름 석 달 예니세이를 따라가버렸다

북소리가 눈물을 삼킨다는 걸. 왜 나는 진작 알지 못했을까. 진화에서 밀려난 몽골로이드가 근친상간으로 명을 유지한 곳. 빙하기에 불렀던 노래를 지금도 부르는 곳. 모닥불에 옛사랑을 던져버리고 이젠 모두 착해져버린 동행들과 일몰을 맞는다.

대륙의 냄새가 두통처럼 밀려오고
강은 흐르고, 또 무섭게 흐르고

야생당나귀 울음이 초저녁을 찢는다
강변에서는 이상하게 말이 사라지고
할 말은 연기에 섞여 하늘로 간다

조각난 얼음들이
빽빽한 검은 숲 사이로
떼 지어 사라지는 걸 보며

암각화 그려진 바위 아래 서 있었다

예니세이를 사랑해서

바닥에 떨어진 눈물도
그쪽으로만 흘러간다고 믿는
몽골로이드는
오늘도 청동거울을 닦고

예니세이
두고 온 것들이
그립지 않아서
지류처럼 나도 울었다

명동의 세월

화강암마저 까맣게 태우는 것이
명동에서의 세월인데

한 역병은 가고
또 다른 역병이 왔다

명동에서 나풀거렸던 우리들의 시대는 까맣게 타
버렸다. 남산에서 내려와 한심한 사랑을 고백하면 동
갑내기 여자애들은 백목련처럼 말이 없었다. 80년대

무명 가수가 알약 몇 개 먹고 불렀다는 노래와
바닥에 붉고 푸르게 뿌려진 구호들은
백 년쯤 된 화강암에 흔적을 남기고
명동을 떠돌다 떠났다. 역병처럼

이제 새로운 역병이
구한말 조차지(租借地)처럼 망해버린 명동을 떠
돈다

바로 앞 언덕에

높이 솟은 구원이 있다는 말은 들려왔지만

명동에는 오늘도 역병이 돌았다

FILM 1

슬픔은 온전히
테두리 안에서 취하고
테두리 안에서 자란다

슬픔은 명백하다

이따금
검은 정지화면이
슬픔을 일으켜 세우지만
이내 다시
눕혀지고 잊힌다

이곳에서 슬픔은
정식간격으로 흘러간다

필름은
슬픔의 한 유형으로 부족함이 없다

슬픔은

한 컷 한 컷

테두리 속에서 몰락했다

아부심벨

이천 년 전 씨앗에서 싹이 튼
옥수수밭 한가운데
질긴 사랑들이 뒹군다

강물이 모든 걸
가져다준다는 삼각주

이곳에 뒹구는 사랑은
신보다도 많다

말하는 자에게 내려지는 벌이 있는 것일까
이천 년이 지난 지금도
후손들은 눈만 깜빡일 뿐
말을 하지 않는다

샌들 밑창이
서너 시간도 못 가 녹아 떨어지는 이곳에서
사랑은 이천 년을 견뎠다

살아서 사랑을 이루지 못한 이들은
손가락이 닳아 없어지도록
석관 뚜껑에 사랑을 새겼다

유속은 그렇게 길고 느렸다

석양에 영웅은 없다

저 새는 죽으라고 만들어진 모양이다.

녹슨 철길을 덮은 들꽃이 서풍에 흔들린다. 새는
지상을 곧 떠날 노인처럼 졸고 있다. 새는 꿈을 꾼
다. 기름때 전 버려진 장갑 위로 석양이 지나칠 때
새는 힘겹게 감았던 눈을 뜬다. 석양만큼이나 위태
롭고 붉다.

세월은 또 갸륵하게 뿌리부터 썩어간다. 도마뱀이
철길 위를 빠르게 지나가고, 새는 한 사나흘째 과거
를 산다. 석양에 영웅은 없다. 지친 날개를 꺾는 것
도, 핑계처럼 떨어지는 꽃도 다 석양의 일이다.

몹쓸 봄이다. 석양의 일이다.

가시의 시간 2

알약 한 알이 녹는 시간 동안 기억이 훈제가 되는
동안 증언은 계속됐다. 블록을 씌운 문자 몇 개가 깜
박이면서 나를 재촉했고 나는 가끔씩 눈물을 흘리는
습성과 숨을 몰아쉬는 습성을 털어놓아야 했다. 검
은 점 몇 개로 내 이름을 만들어야 했다

잠 속에서 셀 수 없이 많은 가시가 돋아나는 것에
대해서도 말해야 했다. 누구도 오지 못하고 누구에
게도 가지 못하는 그 가시의 시간에 대해서도 말해
야 했다. 가시의 시간은 길었으며 아무것도 보듬지
못했다고 고개를 끄덕여야 했다

나는 방의 주인이 내민, 이제는 단종된 푸른 줄이
그어진 노트에 이름을 쓰고 일어났다 쓴맛을 다 본
소년처럼

그래도
결국 가시가 나를 지탱하고 있다고……
그 말만은 끝내 하지 않았다

조개 무덤

여자애는 솔새만큼이나 작았지만 바다만큼 눈물을 가지고 있었다. 바다를 처음 봤던 날 방파제 보안등 아래서 우리는 솜털을 어루만지며 울었다

그날 여자애의 동공 속에서 두려운 세월을 보았고, 얼마 안 가 그 세월이 파도에 쓸려가는 걸 봤다

살고 싶을 때 바다에 갔고, 죽고 싶을 때도 바다에 갔다. 사라질세라 바다를 가방에 담아 왔지만 돌아와 가방을 열면 언제나 바다는 없었다

상처를 훑고 간 짠 바닷물이 절벽에 밀회를 그려넣었고 몇 해가 흘렀다. 그 옆엔 은밀한 새들이 둥지를 틀었고

파도는 뼛속에도 결을 남겼다. 잊어버릴 재주는 없었다. 바다는 우리들의 패총이었다

입 밖으로 꺼내지 못했던 밀회를 바닷가 무덤에
두고 왔다. 뿌연 등대가 우리를 도왔고

마지막 무개화차 4

해 뜰 무렵이면 철길을 넘어오는 여자애가 있었다
맹인 아버지가 함께 왔고
악마 같은 동네 아이들은 물총을 쏘아댔다

나무 바퀴를 굴리며
서커스단이 들어오던 날
여자애와 눈이 마주쳤다
어른 냄새가 났다

밤새 오줌이 마려웠다

낙오자들은
아코디언 소리를 따라 세상 밖으로 떠났다

낚싯바늘을 삼킨
수리 한 마리
폐수 흐르는 천변에서 무거운 눈꺼풀을 내리고

익숙한 진동이 마을을 흔들었다

마지막 무개화차가 지나갔다

Cold Case 2

(19세기 사람 쥘 베른이 쓴 「20세기 파리」라는 소설에 보면 시인이 된 주인공에게 친척들이 이렇게 말한다. "우리 집안에 시인이 나오다니 수치다.")

20세기도 훨씬 더 지난 지금 시는 수치가 된 걸까.

시는 수치일까. 노인들이 명함에 박는 계급 같은 걸까. 빵모자를 쓰는 걸까. 지하철에 내걸리는 걸까.

시가 나보다 다른 사람들이랑 더 친한 것 같다는 생각이 드는 오후다. 시 쓸 영혼이 얼마나 남았는지 가늠해본다.

싸구려 호루라기처럼 세상에 참견할 필요가 있을까. 노래를 해서 수치스러워질 필요가 있을까? 자꾸만 민망하다

그런데도 왜 난 스스로 수치스러워지는 걸까. 시

를 쓰는 오후다.

불머리를 앓고도 다시 불장난을 하는 아이처럼
빨갛게 달아오른 쇠꼬챙이를 집어 든다.

봄산

볼품없이 마른 활엽수들 사이로 희끗희끗
드러나는 사연들이 있어 봄산은
슬프게도 지겹게도 인간적이다.

아무것도 감추지 못하는
저 산들은 세월 흘러 우연찮게 모습을 드러낸
도태된 짐승들의 유해이고,
그 짐승들을 쫓다
실족한 지 일만 년쯤 된 가장의 초라한 등뼈다.
이제 싹을 틔우려고 하는 불온한 씨앗들의 근거지,
원죄를 뒤집어쓴 채 저 산에서 영면에
들어야 했던 자들의 허물 같은 것이다.

기껏 도토리 알이나 품고 삭아가는 노년기의
山 앞에서, 봄에 잠시 드러나는
山의 한 많은 내력 앞에서
못 볼 것을 본 듯, 이 초저녁
난 자꾸만 가슴을 두드린다.

기적은 오지 않겠지만
저 산은 곧 신록으로 덮일 것이고,
곧게 자라지도
단단하지도 못한 상수리들은
또 사연을 만들 것이다.

산은 무심해서 모든 것들의
일부고, 그런 봄날
생은 잠시 몸을 뒤척인다. 다 귀찮다는 듯이

눈빛

(기껏 복숭아씨만 한 사람의 눈이라는 게 여간 영묘하지 않아서 그것 하나 때문에 생을 다 바치는 자들이 적지 않았다)

당신이 날 절벽으로 밀었네 그 눈빛 서늘하게 몇십 년을 갔네 돌아서도 그 눈빛 내 앞에 있었네

비가 오면 빗방울 세기도 했네 빗방울 속에 그 눈빛 있었네 절벽으로 밀어내던 그 눈빛 있었네

그래도 그 눈빛 좋아죽었네 세상 어느 어두운 끄트머리 숨어서 가슴 쥐어박으며 좋아죽었네 그 눈빛 좋아죽었네

그녀가 죽었네
사랑은 어디서든 죽는다지만
불길한 기다림은 눈빛으로만 돌아왔네
서늘한 눈빛만 그 세월을 넘었네

원망은 차가웠지만 눈빛만은 붉었네

생을 저주로 채우게 하는
그 눈빛 돌아왔네

죽음, 테라코타

시신 운반용 승합차 안에
있었다
시신과 단둘이

초봄이었으며
밖은 음란했다

폐장한 박물관의 조각상처럼
흰 천에 덮인 여자

천을 들추고
딴 세상에 있는 여자
그녀에게 말을 걸었다

죽음을 주고 무엇을 얻었는지

차창 밖 버드나무가
만장처럼 휘날리고 있었다

승합차는 멈춰 섰다
데스마스크처럼 평화롭게

최후의 눈물
─국경 1

대륙의 끝에
고장 난 포클레인이 서 있었다
국경의 커피는 쓰디썼고
지뢰지대에 오줌을 갈기는 게
유행가만큼도 비장하지 않았다

바람과 비닐봉지와
포옹과 원망이 뒤엉킨 국경

주저앉은 버스의 바퀴를 바라보며
고독은 결코 달래지는 게 아니라는
생각을 하면서
나는 신발에 들어찬 모래를 털었다

거의 다 무너져 내린 담 벽에 기대어
그대를
내 최초의 눈물을 생각했다

내 사랑을 한 번도
권력으로 이용하지 않았던 여인에게
멸망한 나라의 노래를
불러주고 싶었다

말미잘

말미잘이 엄마를 삼켰다
말미잘이 엄마를 뱉어냈다

.

.

.

.

엄마가 바람이 났다
엄마는
오 톤 미만 목선의 깃발처럼 펄럭였다
폐선에 올라가 바다를 보면
하늘과 바다는
나뉘어 있지 않았고
펄럭이던 엄마는 보이지 않았다
도시에서 배달되어 온 필통에선
귀가 큰 아기코끼리가 웃고 있었다

소년은
무성생식을 하기로 마음을 먹었다

그날 밤
붉디붉은 월식이 있었다

Republic 2

짝짓기 기회를 얻은
벌레 몇 마리
앞다투어
빵가게 담벼락을 기어올랐다

빵가게는 이미
망한 뒤였고……

빵냄새가 남아 있는
월요일

빵집 담벼락 위에서
벌레가 벌레를
잡아먹고 있었다

만두 쟁반

이상하게 난 만두 앞에서 약하다. 일찍 떠나보낸 어머니도, 위태로웠지만 따뜻했던 어린 시절도, 제 살길 찾아 흩어지기 전 형제들의 모습도, 줄지어 쟁반 위에 놓여 있던 만두로 남아 있다.

어쩌면 인생은 만두다. 파릇한 청춘과 짜내도 계속 나오는 땀이나 눈물, 지친 살과 뼈, 거기에 기억까지 넣고 버무리는 만두는 인생을 닮았다.

하얀 만두피 속에 태생이 다른 것들을 슬쩍 감춰 놓은 것도 생을 닮았다. 잘게 부수어지고 갈리고 결국은 뜨거워져야 서로를 이해하는 만두는 생이다.

뒤엉켜 뜨거워지기 전엔 거들떠보지도 않다가 뜨거워진 순간 출신을 묻지 않고 목을 타고 넘어가는 만두는 인생을 닮았다.

그해 여름

#1

미국 드라마는 병실에서 섹스를 했다. 여배우는 꼭
창틀에서 한쪽 다리를 든다. 일종의 백기인 셈이다

#2

한 달 내내 내리는 비에게 예를 갖춘다. 바다는 늘
익사한 자들만 받아들인다. 익사한 자들은 지느러미
를 얻었다

#3

부고가 도착했다. 따로 태어나서 따로 죽는다. 애
도는 거짓이다 살아 있는 모든 자들은 죽지 않은 자
다. 죽음을 모르는 자다

#4

철조망 앞에서 울고 있는 할머니에게 시절은 형벌
이다. 강한 자만이 세월을 견디는 게 아니라 한 맺힌
자들도 시절을 견딘다

#5

열대에서 전화가 걸려왔다. 목소리가 예뻤고 나는
통장 잔고를 확인하고는 해장국을 먹으러 갔다. 그
날 밤 파이닝거의 돛단배를 타고 북회귀선으로 가는
꿈을 꿨다

#6

세월은 내게 방울토마토를 먹여가며 밤새 협박을
했다. 장마 내내 구내염은 낫지를 않았다

강물의 일

사람의 일에도 눈물이 나지 않는데 강물의 일에는 눈물이 난다.

사람들이 강물을 보고 기겁을 하는 이유는 분명하다. 총구를 떠난 총알처럼, 다시 돌아오지 않기 때문이다. 강물은 어떤 것과도 몸을 섞지만 어떤 것에도 지분을 주지 않는다. 고백을 듣는 대신, 황급히 자리를 피하는 강물의 그 일은 오늘도 계속된다. 강물은 상처가 많아서 아름답고, 또 강물은 고질적으로 무심해서 아름답다. 강물은 여전히 여름날 이 도시의 대세다.

인간은 어떤 강물 앞에서도 정직하지 않다. 인간은 어떤 강물도 속인다. 전쟁터를 누비던 강에게 도시는 비겁하다. 사람들은 강에게 무엇을 물어보든 답을 들을 수는 없다. 답해줄 강물은 이미 흘러가버렸기 때문이다.

빠르게 흘러가버리는 일
여름날 강이 하는 일

짐승들이 젖어 있다

지금 이 역의 짐승들은 모두 젖어 있다.

우산을 반 바퀴쯤 돌리거나 바닥을 탁탁 치면서
소심한 저항을 하지만 공격적이지는 않다.

이 늦은 밤
여기서 만난 소심한 짐승들에게 하루를 묻는 건
예의가 아니다.

발정기가 끝나가는
태양력의 어느 날
지하철역에서 짐승들이 젖어 있다.

젖은 짐승들은 두려운 게 많고
두려운 게 많은 짐승일수록
말이 없다

젖은 자는

쉽게 엄두를 내지 못한다.
모든 걸 독으로 저장해놓은 짐승들.

지금 이 역에는
위험한 짐승들이 젖어 있다.

망각이여

(그 시절
연상의 내 애인은
오래된 세계문학전집에
포도주를 끼얹고 불을 질렀지)

망각이여 오라
지층을 읽으려고 했던 날들을
속죄할 테니
망각이여 오라
거대하고 흰 망각이여 오라
전부가 사라져도 좋다
망각이여 달려오라
뒷모습으로만 남아도 좋다
망각이여 오라

망각의 입자 속에서
유영하고 싶다
눈을 마주치면 생겼던

죄악들에 대해
빗속에 저질러진 일에 대해
무릎 꿇을 테니
망각이여 오라
몸에 저장했던 모든
소금기들에 대해 사죄할 테니
망각이여 오라

열아홉 시절은
황혼 속에 슬퍼지도록*
망각이여 오라

* 백설희의 노래 「봄날은 간다」.

새 떼

— 무엇이든 있는 바가 있다면 그것은 본래 모습이 아
니다*

휘휘. 새 떼가 지나갔다 새 떼가 울고 갔다 새 떼
는 그림자만으로 지상의 희망을 죽였다 새 떼는 울
음만 보냈고 다시 오지 않았다 새 떼가 울고 갔다 울
음에도 색깔이 있다 무심코 남긴 색깔이 있다 새 떼
가 울고 갔다 혼처럼 흰 새 떼가 날아갔다 새 떼는
까마득한 땅 위에 쓸데없는 인생만 키우고 날아가버
렸다 새 떼는 날아갔다 휘휘 울면서 날아갔다 연기
한 줄 민둥산 너머 어디론가 사라졌다 어떤 저녁도
새 떼를 기억하지 않는다

*『금강경』.

직박구리

어느 날이었다 초봄은 추웠다 직박구리가 날아왔
다 직박구리는 수돗가에 앉았다 초봄이었다 직박구
리는 차가운 수도꼭지에 주둥이를 대고 물을 먹었다
직박구리는 혼자였다 초봄이었다 직박구리는 근처
강에서 왔다 혼자 왔다 철봉 몇 개 녹슬어 있는 가난
한 공원엔 직박구리만 있었다 뭘 가졌냐고 슬픔이라
고 직박구리는 울었다 초봄이었다 직박구리는 정적
속에 고개를 갸웃거리며 앉아 있었다 안개는 짙었고
초봄은 완강했다 그날 이후 영역 안에서 한때 사나
웠던 직박구리는 수돗가에 다시 오지 않았다 초봄이
었다

　며칠 후 강둑의 나무들이 모두 베어졌다는 소문이
들렸다 초봄이었다 나는 천천히 불행해졌다

싸락눈

1

한 시인의 시집을 봤다. 시집 한 권이 전부 성욕이었다. 아! 그는 소멸해가고 있었구나. 우화(羽化)를 끝낸 늦여름 매미처럼 소멸로 가고 있었구나. 그랬구나. 껍질만 남은 그의 시집을 보며, 그의 우화를 보며 '몸'이 곧 그였음을 알겠다. 싸락눈이 쏟아지고 있었다. 그러므로 오늘 대여섯 번 소멸을 생각했다.

싸락눈은 끊임없이 사선으로 내려와
더럽게 더럽게 죽어가고

2

올겨울을 간신히 넘긴 끄트머리에 매달린 생이 소멸과 친해지고. 갑작스러운 싸락눈 쏟아지는 길에서 생은 싸락눈을 만나 그렇게 더러워진다. 싸락눈 내리는 날, 해(解)를 구하기 위해서 거리는 더럽게 죽어간다. 삼대째 벗어나지 못했다는 눈먼 사랑의 대가가 이 겨울 뭉쳐지지 않는 싸락눈으로 날리고, 세상은 더러워서 눈물겹다.

올해 마지막 눈이 죽어가고 있었다

종탑과 나팔꽃

(미군부대를 다니던 아버지는
나팔꽃을 으깨 아침을 먹이곤 했다.)

갑작스러운 균열
속으로 들어갔다.
길 건너엔 아주 오래된
대리석 종탑이 있었는데
그 종탑이 파동 속에
오르락내리락하는 걸 보며

나는 여러 개의 물감층으로 된
균열 속으로 들어갔다.
균열 속에선
뜨거운 가슴과 차가운 가슴이 나를 괴롭혔고
크게 들리는 말들과 작게 들리는 말들이
잠인 것과 잠이 아닌 것들이

꿈인 것과 꿈이 아닌 것들이

나를 둘러싸고 있었다.

아주 긴 노래가 들렸고
나는 이미
필요 없게 된 색깔을 하나씩 벗으며
균열 속으로 들어가고 있었다.

잘 외워지지 않던
어린 시절의 기도문이
몇 번을 회전하는 동안
두려움보다 아름다웠다.

나팔꽃이 피어나던 그날.

어떤 생이 남았다

맹세보다 가혹한 일기를 쓴다

그 여름 인생에 대해서 말할 수 있다
(당신은 쓸려갔고 다시 오지 않았다)

그 여름 슬픔에 대해 말할 수 있다
(당신이 적막을 주었고 어떤 생이 남았다)

강은 멀리서 소리를 낸다. 울 수 있는 것도 능력이다. 뒤집힌 채 강물 위로 떠오르는 물고기들은 마지막 방점을 찍는다. 누가 감히 물고기의 크기를 묻고 누가 물고기의 고향을 묻는가. 몰락을 마주할 때도 법도가 있다

부질없는 건 여행이다. 강을 보고도 여행을 가치 있는 일이라고 생각하는가. 갈 곳을 미리 알고 싶은가. 그곳이 정말 궁금한가. 그곳이 내 것인가

비는 일단 밤에 내리는 게 맞다

Republic 1

'아이가 타고 있어요.'
그래서 어떡하라고. 그럼 늙은이가 타고 있거나 돼지
가 타고 있으면 어떡해야 하지?
이 공화국에선 말도 안 되는 표어가 통용된다.

새들이 떠나버린 공화국에서 서 있는 자리가 이념
이 되는 공화국에서 종의 비열함으로 가득 찬 공화
국에서 자고 나면 만인에 의한 만인의 투쟁이 벌어
지는 공화국에서 눈이 똑같이 생긴 밀랍 인형 여인
들이 날마다 지하도에서 쏟아져 나오는 공화국에서
위도와 경도가 저주인 공화국에서 농담으로도 죽음
을 생각하지 않는 공화국에서

근육질의 아이들이 공갈 젖꼭지를 물고 침을 흘릴 때
늙은이와 돼지를 가득 실은 트럭은 전선으로 달려가
고 있었다.

섬

바다에 쏟아지는 빗줄기를 보며
너에게 섬 이름을 적어준 걸 후회했다

이 계절 목숨을 건 순례는
늘 범람으로 끝이 난다
여운은 짧고
쓸려가선 다시 오지 않는다

수천 년 전 섬의 첫 입주자였던
영양실조에 걸린 짐승들이
총을 맞고 죽어가는 동안
빗물은 그들의 유복한 내세를 위해
바닥을 기어 바다로 갔다

사냥하는 놈들을 사냥하고 싶다

섬 전체를 산 놈도 언젠가는 죽었다

섬으로 시집온
촛농처럼 얼굴이 긴 여자들이
자맥질을 하면서 바닷속에서 운다

입영통지서 같은 엽서가 도착한 날
축대 한쪽이 무너져 내렸다

당신이 그립다

단풍에 울다

　이렇게 만들어진 죽음은 벽을 마주한 죽음은 한 번도 무기력하지 않은 채 반드시 반짝였다. 흘러내린 절정의 피와 눈물과 땀은 검투사의 그것처럼 지천에 뿌려졌다. 거대한 안간힘이여 일찍 먼 길에 나선 죽음은 금관악기의 여운과 함께 장엄했으며 그들이 섬기는 모든 신 앞에 떳떳했다. 환호와 제의와 신의 읊조림과 어깨 위에 내리쬐는 햇살과 이별로 넘실대던 현기증은 아름다웠다. 찬바람 부는 신전 위를 날아다니던 새와 구제불능의 음악이여. 치유하고 반항하라. 영혼이여 일어나라. 돌의 문을 밀고 나와 가장 느린 진혼곡을 연주하라. 이성이여 모든 비극을 따라가라. 따라가면서 뿌려진 피를 보아라. 그대들 고독하리니.

3부

걷기 3
— 친구의 이삿짐을 싸며

목초지를 마지막으로 떠나는 날. 걷기와 돌림병에 무너진 녀석의 지친 힘줄을 보며 흘러가버린 날들이 생각났다. 자기가 태어난 초원과 한 번도 친해지지 못했던 녀석의 등.

겁이 난다고 했다. 녀석은 개미 무덤 위에서 하늘을 올려다봤다. 아직 갈 곳을 정하지 못했다고 했다.

패배한 무리에서 태어났던 녀석은 축제 같은 젊음을 보내지 못했다. 사냥 기술을 배우지 못한 채 무리를 책임져야 했으며, 시시각각 몰려드는 환난과 싸워야 했다.

눈물은 권력이 될 수 없었다.

초원은 녀석의 계보를 도태시켰다. 녀석은 이제 이 초원에서 버려졌다.

박쥐 떼가 까맣게 하늘을 덮고 있었다.

툰드라
— 나는 굵은 점선을 볼 때마다 순록 떼가 생각난다

꼭 자기 몸집만 한 업보를 짊어지고
화석처럼 얼어붙은 강을 건너는
種이 있다
가는 다리에
가죽은 그리 쓸 만하지 않지만
種은 여기서
근근이 수만 년을 존속했다.

눈밭에 덜 미끄러지도록
겨우 발가락 하나 길어졌을 뿐

오래전 배운 재주 그대로
그들은 눈밭을 건넌다
한지 위에 떨어뜨린 핏방울처럼
그들이 찍어놓은 방점은
질기게 이어진다.

뭔가 새로운 일이 있을 거라고

내일을 기원하던 웅성거림이 모여
수만 년이 흘렀다.

그들은 호르몬에다
한을 새겼지만
신은
귀 기울여주지 않았다.

소묘

울고 있는 한 여자가
붉디붉은 석류를 눈물과 함께 삼킨다.
석류 알갱이가
입에 들어갈 때
연거푸 떨어지는 눈물 알갱이

울고 있는 여자 앞에
어쩌다 석류가 놓이게 됐는지
이유는 알 수 없었지만
여자는 울면서 석류를 먹고

시간은 그렇게 흐르고
석류를 입에 넣으면서
여자는 완성되어갔다

여자는 저녁내
석류 속을 경건하게 파내고

손에 움켜쥔 석류를
손에 쥔 눈물을
먹고 있었다

폭설

말로 한 모든 것들은 죄악이 되고 죄악은 세월 사이로 들어가 화석이 된다는 걸 당신은 이미 알고 있었습니다.

당신이 벼랑에서 마지막으로 웃고 있을 때, 나는 수백 개의 하얀 협곡 너머에 있었습니다.

당신의 웃음이 나의 이유였던 날. 이상하게도 소멸을 생각했습니다. 환희 속에서 생각하는 소멸. 체 머리를 흔들었지만 소멸은 도망가지 않고 가까이 있었습니다.

원망하다 세월이 갔습니다.
이제야 묻고 싶습니다. 두렵지는 않았는지. 망해버린 노래처럼 그렇게 죽어갔던 과거를 당신은 어떻게 견뎌냈는지.

그 이유를 짐작하지 못하는 병에 걸린 나는 오늘

도 소멸만 생각합니다. 협곡을 지나온 당신의 마지막 웃음을 폭설 속에서 읽습니다. 왜 당신은 지옥이라고 말하지 않았나요.

그렇게 죽어서 다시 천 년을 살 건가요. 당신은?

word 시월

기억은 우리보다 빠르고 허름하다. 기억은 피로 말한다. 행복해도 짐일 뿐인 것. 어차피 모든 별의 소식은 우리가 사라진 다음 이곳에 도달한다. 캄차카 반도의 반딧불이도, 북해의 일각고래도 기억 속에 있다. 기억은 불편한 짐이다. 석관(石棺)보다 무거운 짐이다. 기억은 피를 흘린다.

가면극이 끝날 때까지 그녀에게 세 번쯤의 통증이 찾아온다. 세 번의 기억이 그녀를 직면한다. 그녀는 세 번쯤 피를 흘린다. 피 앞에서 자비는 언제나 착각이다. 배우의 실수에서 시를 찾기 위해 그녀는 피를 흘린다. 기억은 피가 된다.

시월에 대해 울고, 시월에 대한 기억을 흘리며, 시월에 대해 시를 쓴다. 시월은 기억이다. 시월은 피다. 구체제 같은 완행열차 소리가 들린다. 왠지 편안하다. 오늘의 구도(構圖)는 피를 흘렸고 완행열차와 함께 기억이 됐다.

'기억'

그 어감을 피가 말해주지 않는가.

마그마

저지른 적 없는 일에 대해서
입자들의 소나기에 대해서 고민한다
확실히 우리는 성공적인 종(種)은 아니었다

오지 않은 자멸에 대해 생각한다
팬케이크 위에 앉아
우리가 남길 잔해에 대해 생각한다
우리의 모든 자멸을 합친 것보다도 밝게 빛날
그 별에 대해서도 생각한다

가여운 것들과
패한 것들과
우리가 용서하려 애쓰는 것들에 대해
불은 말해주지 않는다
불은 전망하지 않는다

우리는 기억이다

아나키스트 트럭 3

너는 눈을 감는다. 가장 엄중한 하루를 보내고 너
는 강변에서 눈을 감는다. 실패의 짐과 증오의 짐과
누군가의 마지막 짐을 나르고 너는 오늘 강변에서
눈을 감는다. 선한 도망자들을 실어 나른 그대. 너의
몸에 새겨진 전투의 상흔들이 2.5톤짜리 인화지 위
에서 빛난다.

사랑받았거나 버려졌거나. 너에게 온 모든 이들을
위해서 너는 비문(碑文)처럼 이제 눈을 감는다.

너는 모든 걸 실었지만 믿지는 않았다. 버려진 꿈
을 싣고도 울지 않았고, 적을 태우고도 분노하지 않
았다. 비틀대며 비틀대며 모욕당했을 뿐.

네가 흘린 신성한 웃음이 검은 강물 위에 마지막
으로 반사됐다.

강물은 죽은 배우 앞을 흘러갔다

서교동 황혼

비둘기 한 마리 으깨어져 있는 차도를 걸으며, 오늘 또 이름 몇 개와 노래 몇 소절이 이 경전에서 사라졌음을 깨닫는다. 검은 봉지 같은 아이들 연신 침을 뱉는 서교동.

눈을 반쯤 뜨고서. 호쾌한 소식은 이제 없음을 알아차린다. 단지 아주 천천히 빙하가 이 모든 걸 쓸어가버리기를. 아무도 구름무늬 표범의 안부나 일식에 대해 말하지 않았다. 한심해지고 싶었다.

그날, 사람들이 그리고 노래가, 나를 잊기 시작한 것이다. 식탐과 왕년이 남아 비틀대며 택시를 잡는다. 시속 팔십 킬로쯤의 속도로 그날 밤 황혼은 저물었다. 멀리서 온 소식에는 독이 묻어 있었다.

Indian Ocean

나는 보았다. 어딘가에 신이 있음을 알려주는 비구름과 걸인의 장엄함과 코끼리의 쓸쓸함. 그리고 이름 모를 새들의 저녁을.

소나기를 보았고, 매일 저녁 죽어가는 바다를 보았다. 촛불과 함께 떠내려가버린 생의 잔등을 보았다.

나는 보았다. 너무 일찍 씌어진 구절들과 사월의 비와 벨벳같이 감겨오는 습기와 눈물을.

검은 미인들의 가느다란 입술과 그녀의 마른 무릎과 홍수림에 떨어지던 번개를.

나는 알았다. 야생 바나나나무가 바람에 흩날릴 때. 내가 두고 온 세상이 뒷모습을 보여주지 않는 악마였음을. 지금 이 순간이 벌써 먼 옛날임을.

인도양이여! 나는 아직 이곳에 있고 싶다.

외전(外典) 1

그날.
국가로부터
문자메시지가 왔고
낡은 교각은 미세하게 흔들렸다
놀이공원에서는
학교에서 밀려난 아이들이 하늘로 솟구쳤고
전신주 꼭대기에선
혼혈비둘기들이 영역 다툼을 벌였다.
어깨가 없는 청년들은
월세방 전단지들과 함께
바람에 떠밀려 흩날리고 있었다

그날.
고양이 몇 마리 금 간 담벼락 옆에서
짝짓기를 했고
동네에서 가장 나이 많은 노인은
방 한가득
적도에서 온 식충식물을 키우고 있었다

밤이 오자

사수자리가 밝게 빛났고

사람들은 부동항을 꿈꾸며 울고 있었다

참회록 그 후

신을 만났다는 너와 갈빗살을 먹는다. 음식은 사람을 덧없게 만드는 재주가 있지. 죽은 고기와 죽은 잎들. 세월의 이름으로 몰락을 먹는 저녁.

그리움이 남았다고 했다. 경건해지고 싶지만 세월은 여전히 밉다고 했다. 생을 주고 얻은 것은 종유석처럼 자라나는 그리움뿐이라고. 하숙집이 있던 언덕에서 너는 멜로영화처럼 웃었다. 남은 건 없다. 네가 교생실습을 나가던 그 골목엔 죄 많은 우리가 그날의 눈처럼 밟히고 있었다.

월곡동이여. 조급한 세월 앞에서 떠다녔던 은지화여. 토탄(土炭) 속에 들어가 약하고 질긴 불꽃으로 천천히 타버린 날들이여.
우리는 늘 빗나가 있었으므로
삶이 아닌 것들이 우리를 도왔고
삶은 아득해지기만 했었다.

이번 정류장이 아니었다는 듯이
막차 불빛은 힘없이 멀어졌다.
참을 수 없이 분했다.

마지막 무개화차 2

하염없이 화차의 뒷모습을 바라보는 그런 놀이를 하고 있었다. 별똥별이 떨어졌지만 길흉화복과는 아무런 상관이 없었고 순결하지 못한 새들이 밤마다 화차를 따라 산맥을 넘어갔다. 두려웠다. 뱀처럼 조용히 새벽이 올 때 나는 강물 하나가 사라지는 것을 보았다. 타락한 세기에 조사(弔詞)는 필요한 것일까? 내 여자에게 나는 용서받았을까? 속수무책의 시간들이 흐르고 개기일식에 맞춰 집단으로 번식하는 나비 떼처럼 모든 두려움이 하늘로 날아가는 그런 밤이 왔다. 외마디 비명이 지상에 남았고 암염 속에 박힌 지층이 됐다

한 生을 파묻은 적이 있다

바다의 장르

바다의 장르는 바닷가가 결정한다

풍향계가 있었고 파스텔 같은 양철지붕이 있었고 가지가 부러진 소나무와 스티로폼 부표가 있었고 그리고 이별이 있었다. 원망으로 새벽을 지새운 눈이 있었고 물새의 발자국이 있었고 후렴처럼 부르르 떠는 보안등과 구인벽보가 있었고 그리고 바람이 있었다. 고장 난 자판기에선 녹물이 흘러내렸고 빈 비닐봉지들은 유행가처럼 흘러 다녔다. 바람이 지운 낙서들이 언뜻언뜻 보이다 사라졌다. 가끔씩 들리는 길고양이 울음엔 영혼이 담겨 있었고 유자망 어선들의 깃발은 주술처럼 나부꼈다.

저 많은 바람이 다 바다로 가면 바다는 우리에게 무엇을 주지. 애쓴 바람 하나가 마지막으로 바다에 뛰어들었다. 실눈을 뜨고 바닷가에 오랫동안 서 있었다. 그 바다.

외전 2

무엇이든 딱 잘라서 말하는 게
갈수록 어려워진다
일 없는 늦은 저녁
설렁탕 한 그릇 함께 먹을 사람조차
마땅치 않을 때
사는 건 자주 서늘하다

나이 들어 하는 사랑은
자꾸만 천한 일이 되고
암 수술하고 누워 있는 동창에게서
몇 장 남지 않는 잡지의
후기가 읽힐 때
생은 포자만큼이나 가볍다

수십 년 전 방공호 속에서
초현실주의 시를 읽었던 선배들은
이렇게 가볍지는 않았을까
바흐를 들으며

페노바르비탈을 먹었다는 그들은
지리멸렬한 한 세기를 사랑했을까

나는 아직도 생에 대해서 알지 못한다
상처에 대해서 알 뿐
안부를 물어줄 그 무엇도 만들어놓지 못했다

대폭발이 있었다던 오래전 그날 이후
적의로 가득 찬 광장에서
생이여, 넌 어떻게 견뎌왔는지
기찻길에서 풀풀 날리던 사랑들은
얼마나 많이 환생하고 있는지

생각이 아프면 내가 아프다
생이여!

Nile 421

기억이 나를 지나가도록 내버려둔다. 어젯밤 한 여인이 갑판에서 떨어지는 꿈을 꾸었다. 몸서리치며 깨어났다. 내가 사랑하는 여자는 천 년 동안 똑같은 여자다. 천 년 동안 모든 것이 아픈 여자. 그녀의 천 년은 영영 목적지에 도달하지 않았다. 부정확한 시계공들에게 책임을 묻고 싶다. 그들 때문에 비도덕이 도덕이 됐고 사라져간 강물의 사후는 늘 보이지 않았다. 끝이 보이지 않았으므로 이제껏 그대를 기다리는 이유는 충분하다. 남은 건 오직 과거뿐인 과거일 뿐. 생각이 아프면 나도 아프겠지만 계시는 이미 심장에 새겨져 있다. 너무 길었지만 이 강물 위에 위장술은 없다. 갑판에 불이 켜졌다. 나는 이제 기억이다. 천 년이 또 흐를 것이다.

Nile 407

죽은 이의 이름을 휴대폰 주소록에서 읽는다. 나는 그를 알 수가 없다. 죽음은 아무에게도 없는 어떤 것이니까. 신전의 묘비를 읽도록 허락된 자는 아무도 없으므로. 운하 옆 붉은 벽돌담. 이제 숨이 넘어가는 고양이에게 떨어지는 어리석은 햇살. 나는 오늘 아름다운 곳에서 아름답지 않았고, 유용한 곳에서 유용하지 않았다. 강을 따라 슬픔뿐인 갈대밭을 지나갔고, 몰락한 정원을 지나갔다. 깨어 있는 내내 나는 잠들어 있었다. 죽음을 경배하고 있는 자들 사이를 흘러가며 나는 수천 년의 은유에 비틀거렸다. 신들이 웅성거렸던 시간이 끝나가고 너무 익숙해진 낡은 옷처럼 석양이 찾아온다. 신전에서 비둘기가 날아오르고 아무도 신들을 삶으로 불러내지 않는다. 범람원 너머에선 정령의 노래가 들려왔다. 절대 돌아보지 않았다. 지층으로 들어가고 싶지 않았으므로. 나는 누군가의 과거에 불과할 것이다. 나는 오늘 그대와 다른 위도에 있다.

시인의 업(業)

양 경 언

1

플라톤이 추방해야 한다고 주장했던 시인 무리를 일컬어 '시인들'이라 부를 수 없는 이유는, 그들 각자가 언제까지고 단독자로서의 시인이기 때문이다. 공화국의 외부로 쫓겨나는 형벌을 받지 않기 위해선 공화국 내부에서 실질적인 역할을 건실히 수행하고 그 결과물을 내놓아야 할 텐데, 그런 종류의 일은 시인의 안중에 없다. 시인에게 그런 일은 인간이 하는 많은 친숙한 일 중 한가지일 뿐. 시인의 관심은 다른 데 있다. 시인은 언제 어디에서건 시인 그 자신이 서 있는 곳에서부터 종래의 문법으로는 해독이 까다로울 만치의 다른 언어, 다른 얼굴의 존재, 다른 공기의 흐름이 생겨나기를 바란다. 자기 자신을 서슴없이 아슬아슬한 경계에 두고, 기어이 거기에 생경한 기운을 불어넣는 일에 힘쓴다. 그러니 이런 시인이 '시인 추방론'과 같은 억견에 위축될 리 없다. 시인들의 집단 정체성 운운하는 말에 현혹될 리도 없다. 시인 각자가 벌이는 일들을 단일한 집합으로 수렴해서 설명하려는 행위야말로 시인 각자에겐 도리어 형벌이 될 수 있다.

　많은 정치가의 언설과 학자들의 설교에도 흔들리지 않고 시인 각자가 나름대로 잘 살아왔음을 말하려는 게 아니다. 우리는 지금, 자기 자신이라는 경계를 일으켜 세워 종래의 공화국이 아닌 자신만의 "공화국에서 일어나는 일"(『내가 원하는 천사』의 뒤표지 글, 2012)을 매 순간 살아내는 중인 단독자로서의 시인에 대해 사유하려는 것이다. 지금까지의 정의를 모두 잊고 '시인'이란 존재에 대해 고쳐 생각해보려는 것이다. 왜냐하면, 허연을 읽는 일이란 시인은 어떤 존재일 수 있는지를 근본적으로 다시 생각하는 일과 다르지 않기 때문이다. 이는 앞선 첫 문단에서 시인이라는 말의 자리마다 '허연'이라는 이름을 덧쓴다 하더라도 저 문단을 이루는 모든 문장이 감히 참이 되는 이유이기도 하다.

2

저 자신을 경계에 두는 일에 망설임이 없을 뿐 아니라 시인은 자신이 어디에 있건, 그 경계를 매사 의식하는 자라고도 할 수 있다. 허연은 그것을 '선을 넘는 일'로 말한다.

　무엇이 되든 근사하지 않은가
　선을 넘을 수만 있다면

　새의 자유를 생각하면 숨이 막혔다. 남은 알약 몇 알을 양식처럼 털어 넣고 소련제 승합차에 시동이 걸리기를 기다렸다. 오한이 들이닥쳤다. 서열에서 밀려난 들개 몇 마리 무너진 건물 주변을 서성이고 버려진 타이어 더미 위로 비현실적인 해가 지고 있었다. 오늘도 선을 넘지 못했다. 나는 아무것도 그립지 않다는 듯이 바닥에 침을 뱉으며 몇 마디 욕설을 중얼거렸다. 또 밤이 오는 게 무서웠다. 들개보다 AK-47보다 그리움이 더 끔찍했다. 지난여름 폭격에 끊어진 송전탑에선 이따금씩 설명할 수 없는 불꽃이 일었다. 아름다웠다. 나는 어느새 저주했던 것들을 그리워하고 있었다
　　　　　　 ―「오늘도 선을 넘지 못했다―국경 2」부분

무엇이 됐든 간에 선을 넘기만 하면 근사할 수 있다는

130

소망은 그리 간단해 보이지 않는다. 일견 손쉽게 선을 넘나드는 자유를 누리는 것만 같은 새도, 시인의 입장에선 답답하기는 마찬가지다. 새는 제 운명을 의심하지 않는다. 제 운명에 경계심을 가져보지 않은 자는 저 자신에게 그어진 경계선 역시도 의식할 수 없다. 그런 자는 선을 넘어본 적이 없을뿐더러 선을 넘어야겠다는 생각도 하지 못한다. 새가 넘나드는 것은 고작 허공일 뿐 새의 운명에 그어진 선이 아니므로, 새의 자유는 숨 막히는 것으로 전락한다. 앞의 시를 여는 "무엇이 되든 근사하지 않은가/선을 넘을 수만 있다면"을 우리는, 선 넘기를 시도하는 일 자체를 의식조차 하지 못하는 세계에서 날마다 선을 의식하는 이가 감당하고 있는 비애로부터 비롯된 구절로 읽는다.

선을 넘는다면 무슨 일이 일어날까. 그에 대한 답변을 궁금해하는 이 하나 없이, 운명을 의심하지 않는 이미지들이 주어진 제 역할에 충실히 복무할 뿐이라는 바로 그 이유만으로 앞의 시의 풍경은 충분히 황폐하다. 시동이 걸리기를 기다리는 소련제 승합차, 무너진 건물을 서성이는 몇 마리의 들개, 설명할 수 없는 불꽃이 이는 송전탑이 환유적으로 엮이고 있지만, 그 어떤 이야기도 추동되지 않는다. 물론 각각의 이미지들이 자신의 자리에서 1센티미터만이라도 벗어나는 일이 벌어진다면, 지금과는 전혀 다른 풍경이 만들어질 것이다. 어쩌면, 그럴 수 있었을

지도 모른다. 하지만 그런 일은 끝내 일어나지 않는다. 오직, 오한이 들이닥치고, 욕설이 일고, 밤이 오는 게 두려운 시인의 기분만이 무슨 일이 일어나기 직전 사람의 그것처럼 조마조마할 뿐이다. 앞의 시에는 선을 넘는다면 벌어질 일을 궁금해하는 이에게만 허락되는 기분이 있고 또한, 선을 넘지 못해 아무런 일도 맞지 못하는 이들에게 주어지는 불행의 산재가 있다.

선을 넘지 않는다면, 공화국 내부에서 안락하게만 산다면, 그래, 아무 일도 벌어지지 않을 것이다. 하지만 아무런 일이 일어나지 않기를 바라면서 그저 주어진 대로 사는 것. 그렇게 사는 건 노예의 삶과 무엇이 다를까. "오늘도 선을 넘지 못했다"는 좌절을 우리는, 보이지 않는 감금에 속박되지 않고 선을 넘는 일을 시도할 것을 부추기는 태도에서 새어 나온 말로 읽는다. 선을 넘는다면, 다른 언어와 다른 얼굴, 다른 공기가 생겨날 것이다. 무언가 근사한 일이 벌어질 것이다. 선을 넘을 수만 있다면.

시인에겐 종래의 공화국의 부름에 응하는 일보다 거기에 그어진 선을 넘어 자신의 공화국으로부터 날짜를 변경시키고 공기의 밀도를 바꾸는 일, 설명할 수 없는 불꽃의 아름다움에 기대어 비현실적인 기분을 가늠하는 일이 더 중요하다. 어딘가에 소속되어 안락함을 얻는 일보다 차라리 그것을 포기하고 노예가 되지 않기 위해, 보이지 않는 감금과 내내 싸우는 일이 더 가치 있다. 그러니 시인의 걸음은 공화국 내부가 아닌, 공화국의 선을 넘는 곳으로, 법으로 승인되지 않은 여린 존재들이 새롭게 부상하는 곳으로, 국경으로, 향한다. 시인으로서 응당 할 수밖에 없는 허연의 일을 우리는 그렇게 적는다.

3

　허연을 통해 다시 생각해보는 시인은 보이지 않는 감금과 싸우면서 자기 자신을 경계로 몰아가고 그로부터 선을 넘는 언어를, 얼굴을, 날씨를 개시하는 존재다. 그런 일은 어떻게 가능한 걸까. '시인으로서 응당 할 수밖에 없는 일'을 허연이 한다고 전했거니와, 고백하자면 허연에게 이런 일은 훈련을 통해 길러진 게 아니라 선천적인 능력으로 부여된 것이다.

　　하늘에서 내리는 뭔가를 바라본다는 건
　　아주 먼 나라를 그리는 것과 같은 것이어서
　　들뜬 혈통을 가진 자들은
　　노래 없이도 노래로 가득하고
　　울음 없이도 울음으로 가득하다

　　짧지 않은 폭설의 밤

제발 나를 용서하기를

──「들뜬 혈통」 부분

　인간의 몸에서 뜨겁게 끓고 있는 '피'가 하늘의 차가운 '눈'에 반응하는 것만으로도, '폭설에 들뜨는 혈통'은 어딘가 기이한 구석이 있다. 그리고 허연은 아무래도 그런 혈통을 승계하는 자리에 있는 것 같다. 짧지 않은 폭설의 밤 내내 잠들지 못하고 자신이 수행해야 하는 일들을 헤아리는 위의 시의 모습이 그를 증명한다.

　폭설에 들뜬 혈통을 가진 자들은 "노래 없이도" "울음 없이도" 노래와 울음으로 가득한 세상을 감지할 수 있다. 그를 통해 미루어 짐작하자면, '피'와 '눈'이 모순적으로 결합하는 일을 겪게 되는 이들은 곧 자신의 귀에 들리는 노래와 울음을 방관하지 않는 시인의 몫을 해낼 수 있는 이들이라 하겠다. 그로부터 달아나지 못하는 자리에 허연은 있다. 시인의 혈통을 가진 자들은 때때로 온몸에 가시가 돋아날 정도로 괴로운 통증을 감당해야만 하고("가시는 아무런 실마리도 없이 밤마다 돋아/나오고 나의 밤은 전쟁이 된다./출구를 찾지 못한 치욕들이 제 몸이라도/지킬 양으로 가시가 되고 밤은 길다",「가시의 시간 1」부분), 인간으로선 감히 상상도 할 수 없는 시간을 견뎌온 존재와 저 자신을 여러 번 견줄 정도로 허망함을 겪어야 하기도 하지만("오늘도/천만 년 된 햇볕이/내 얼굴에 와 부딪힌다/

천만 년 전/태양을 떠난 그 햇살이 내게 말한다//*생이 자기 자신을 어떻게 삼키는지/똑똑히 지켜보라/욕망이 욕망에게 대체 무슨 짓을 했는지 보라* [⋯⋯] 위대한 것들은/위대해서 아득하다. 남아 있는 생이여", 「행성의 노래」 부분), 허연에게 시인의 업은 거부할 사이도 없이 그저 시인의 몸 자체로 다가와 행해지는 것이다. 허연의 피에는 "여러 개의 물감 층으로 된" 균열이 만드는 "아주 긴 노래"가 깃들어 있어, "뜨거운 가슴과 차가운 가슴이" "크게 들리는 말들과 작게 들리는 말들이" "잠인 것과 잠이 아닌 것들이" "꿈인 것과 꿈이 아닌 것들이" 서로를 간섭하면서 허연에게 계속해서 경계를 자아내거나 선을 넘어서기를 추동하고 있다(「종탑과 나팔꽃」).

　불행하게도 오십 미터도 못 가서 죄책감으로 남은 것들에 대해 생각한다. 무슨 수로 그리움을 털겠는가. 엎어지면 코 닿는 오십 미터가 중독자에겐 호락호락하지 않다. 정지화면처럼 서서 그대를 그리워했다. [⋯⋯] 괄호 몇 개를 없애기 위해 인수분해를 하듯, 한없이 미간에 힘을 주고 머리를 쥐어박았다. 잊고 싶었지만 그립지 않은 날은 없었다. 어떤 불운 속에서도 너는 미치도록 환했고, 고통스러웠다.
　　　　　　　　　　　　　　　　　　　　　─「오십 미터」 부분

　첫번째로 우리는 위의 시를 연시(戀詩)로 읽을 수 있

다. '너'와의 사이에는 오십 미터 이상의 길이가 존재할 수 없다는 고통스러운 그리움을 전해 받을 수 있기 때문이다. 앞의 시를 어딘가에 중요한 무언가를 두고 온 사람의 심정이 담긴 시로 확장하여 읽는 방법도 있다. 이때 우리는 앞의 시로부터 상실을 달랠 길 없는 이의 통증을 고스란히 전해 받는다. 읽기 방법이 또 있다. 앞의 시는 어떤 일을 숙명적으로 받아들여야 하는 이의 고통이 적힌 시로도 읽을 수 있다. "너" "그대"라는 자리에 '시'를 덧쓰고 읽어도 시의 본문은 크게 훼손되지 않는다. 멀리 도망을 가려 하다가도 오십 미터를 벗어나지 못해 다시 시로 돌아올 수밖에 없는 이가 차라리 제 몸에 흐르는 시의 피를 결코 사라질 수 없는 것으로 받아들이는 과정에 대한 기록으로, 우리는 앞의 시를 읽는다.

제 몸에 흐르는 피처럼 쉽게 떨쳐낼 수 없는 업이라면 기꺼이 거기에 순교하는 것. 이와 같은 방식으로 허연은 시인이라는 선천성과 관계를 맺는다. 허연의 시가 죽음을 대하는 특별한 태도를 담고 있다면, 그 이유 역시 아마 이로부터 멀지 않은 데 있을 것이다.

4

시인은 어떤 것도 쉽게 사라지지 않는다는 것을 안다.

그 때문인지 시인에겐 '죽음'도 단순한 소멸의 과정이 아닌 끊임없이 이동 중인 생의 일부일 뿐이다. 그것을 시인은 '강물'의 몸을 빌려 말한다.

　　오늘 이 강물은 많은 것을 섞고, 많은 것을 안고 가지만, 아무것도 토해내지 않았습니다. 쓸어 안고 그저 평소보다 황급히, 쇠락한 영역 한가운데를 모르핀처럼 지나왔을 뿐입니다. 뭔가 쓸려가서 더는 볼 일이 없다는 건, 결과적으로 다행스러운 일입니다. 치료 같은 거죠.

　　강물에게 기록 같은 건 없습니다
　　사랑은 다시 시작될 것입니다
　　　　　　　　　　　　　　　　　　　　　　──「장마의 나날」 부분

　　이곳에선 깨끗한 것도 더러운 것도 없다. 슬픔도 기쁨도 없다. 쓸려갈 것과 남은 것, 그것만이 가능하다. 검은 구름 저편에 속삭이듯 어둠이 온다. 오늘의 제의는 이렇게 마무리된다.
　　　　　　　　　　　　　　　　　　　　　　──「제의(祭儀)」 부분

　　사람들이 강물을 보고 기겁을 하는 이유는 분명하다. 총구를 떠난 총알처럼, 다시 돌아오지 않기 때문이다. 강물은 어떤 것과도 몸을 섞지만 어떤 것에도 지분을 주지 않는다.

고백을 듣는 대신, 황급히 자리를 피하는 강물의 그 일은 오늘도 계속된다. 강물은 상처가 많아서 아름답고, 또 강물은 고질적으로 무심해서 아름답다.

                                   —「강물의 일」 부분

   대기와 지상을 몇 바퀴 돌고 온다 하더라도 아무런 거드름도 피우지 않는 강물은 어제와 오늘과 내일 모두 다른 물의 얼굴로 그러나 매번 같은 자리에서 흐른다. 이미 쓸려가는 중이라서 기록 같은 것으로 남겨질 리 없지만 매일 다시 시작되는 것, 슬픔도 기쁨도 없이 쓸려갈 것과 남은 것만으로 지속되는 것, 시작하는 순간과 끝나는 순간의 구분 없이 그저 이동 중인 것, 무심하리만치 다시 돌아오지 않는 것. 그리고 바로 그러한 이유로 아름다울 수 있는 것. 이것은 모두 강물의 일이지만, 기실 하나의 생이 자연스럽게 죽음을 향해 나아가는 방식이기도 하다. 사랑하던 이들이 사라지더라도 이어 흐르는 강물처럼, 죽음이 물러나지 않는 자리에서 사랑은 생의 일부로 다시 시작된다.

   성귀수는 조르주 바타유의 글을 번역하면서, 바타유에 대한 최선의 예의를 차리기 위해 다음의 글을 남긴 바 있다. "죽음은 삶이 해독해내지 못하는 삶의 내밀함을 폭로한다는 점에서 폭력의 기호다. 심장을 틀어쥐는 쾌락이 메타포의 연쇄반응을 통해 질식으로까지 치닫는 호흡,

'죽음까지 파고드는 삶'에 다다름을, 그와 나는 안다. 소멸하는 것에 대한 극단의 숭배cult가 오로지 시의 문법으로만 약화될 수 있는 이유다"(「옮긴이의 글— 바타유와의 전투」, 『불가능』, 워크룸프레스, 2014, p. 199). 허연의 시를 읽은 우리는, 성귀수가 바타유를 위해 남긴 문장을 다르게 읽을 방법을 배운 것 같다. 시는 삶의 내밀함을 폭로하는 기호의 언저리에서 얼쩡거리기나 하면서 소멸하는 것에 대한 극단의 숭배를 약화시키는 당의정 같은 게 아니다. 시를 통해 전해지는 심장을 틀어쥐는 통증을 일컬어 우리는 단지 메타포라고 말할 수 없다. 비유로만 짐짓 척하는 것을 시라고 부를 순 없는 일이다. 시는 오히려 해독이 불가능한 죽음 그 자체를 받아들이기 위해 언어의 '체인 스톡스 호흡'[1]을 오가는 것. 하여 소멸하는 것에 대한, 죽어가는 것에 대한 다른 정의를 기어이 시의 문법으로 마련하고, 강화하는 것.

허연은 "환희 속에서" 소멸을 생각하고(「폭설」), 수천 년을 움직여온 시간의 협곡에서 그저 한 부분일 뿐인 죽음에 대해 생각한다(「Nile 407」). 그리고는 소멸이나 죽음을 곧 위장술 없이 생을 대할 때 기다리게 되는 대상으로 여긴다(「자세」). 허연에게 소멸이나 죽음은 다른 방향으로의 운동일 뿐이다. 인간이 상상하지도 못할 만큼의

---

1) 죽음의 문턱에서 호흡곤란과 무호흡을 되풀이하는 호흡.

길이로 이루어진 자연의 시간에 비하면 죽음, 그것은 아무것도 아니다.

허연은 '죽음'을 다시 쓰면서, 인간의 생이 안기는 허무를 치열한 평안으로 전환해낸다. 우리가 사라진 것들에 대한 그리움에 사무쳐 때때로 슬픔에 굴복하고 마는 순간을 맞이할지라도, 그것은 단지 생의 일부로서의 죽음을 기다리다 보면 필히 거칠 수밖에 없는 삶의 형식 중 한 가지라고, 그러니 모든 것은 지나가는 중에 있는 것이라고, 시인은 초연하게 슬픔을 공유하며 일러주는 것이다.

5

이 글의 시작에서 시인은 언제 어디에서건 시인 그 자신이 서 있는 곳에서부터 종래의 문법으로는 해독이 까다로울 만치의 다른 언어, 다른 얼굴의 존재, 다른 공기의 흐름이 생겨나기를 바라는 이라고 적었던가. 그러한 일을 해내는 것이 시인의 존재 이유라면, 우리가 허연을 읽어야 하는 이유도 그와 같다. 허연을 읽을 때 우리는 마치 전혀 말이 통하지 않는 머나먼 이국에서 유일하게 통하는 말을 나누는 연인을 만나듯, 경계에서 새어 나오는 삶의 내밀함을 캐내게 된다. 달력의 날짜와는 다른 시간을 지금에 새기고 싶어지고, 서 있는 곳과는 다른 공기의 밀도를 입고 싶어진다.

그것은 시인이 종래의 공화국의 소속이 아니기 때문. 오지 않은 자멸에 대해 먼저 생각하고, 남겨질 잔해에 대해 앞서 생각하는, 자신만의 공화국의 시원(始原)이기 때문. 허연은 언제 어디에서건 기존의 문법으로는 해독이 까다로운 다른 언어, 존재, 흐름을 개시하는 일을 마다치 않는다. 고독한 과업임을 알면서도 그 일을 그치지 않는다. 아무도 신들을 삶으로 불러내지 않아도 오늘 우리가 생의 비참으로부터 구원을 받을 수 있는 단 한 순간을 맞이하게 된다면, 그것은 추방의 처벌을 두려워하지 않는 이생의 시인이 저에게 맡겨진 피의 소임을 다하고 있기 때문일 것이다. ▨